W9-BFT-691

MI CASA
¡Besos desde
AUSTRALIA!
Con cariño, Ivón
MI HERMANO VAMPIRO
DE VACACIONES
CON LOS ABUELOS
Sofi disfrazada de cebra

Bea García

¡Abeja feliz!

BEA DE BEBÉ!

Mi VIDA en DIBUJOS

Escrita e ilustrada por

Deborah Zemke

Con cariño, de Sofi,
¡que ba-BEA por ti!

Bruño

Título original: *My Life in Pictures,*
publicado por primera vez en Estados Unidos
por Dial Books for Young Readers,
Penguin Young Readers Group,
un sello de Penguin Random House LLC, Nueva York

Juan Ignacio Luca de Tena, 15; 28027 Madrid

Dirección Editorial: Isabel Carril
Coordinación Editorial: Begoña Lozano
Edición: Cristina González
Preimpresión: Equipo Bruño

ISBN: 978-84-696-0790-9
Depósito legal: M-1675-2017
Printed in Spain

www.brunolibros.es

Para Yvonne
y todas las mejores-amigas
de ahora y siempre.

CAPÍTULO 1

¡ESTE LIBRO ES MI VIDA!

En este libro que tienes entre las manos es donde dibujo TODO, ¡mi vida entera!

Dibujo mis cosas favoritas:

Y también dibujo mis cosas no-tan-favoritas:

Aquí dibujo cosas que me han pasado de verdad. Por ejemplo, cuando vi a mi hermano pequeño por primera vez.

Y también dibujo cosas que OJALÁ fuesen verdad. Por ejemplo, ¡tener un montón de amigos!

A veces dibujo cosas que solo pasan en mi imaginación. Por ejemplo, que doy la vuelta al mundo volando.

O que conozco a un pulpo muy simpático.

Esta soy yo: Beatriz García Holmes.

Mi segundo apellido es inglés porque mi madre es inglesa, ¿sabes?

Y aunque mi nombre es Beatriz, todo el mundo me llama Bea. Menos mamá, que me llama Emperatriz.

Bueno, por las mañanas no.

O si se enfada conmigo, como cuando pinté a mi hermano de vampiro con rotulador de los que no se borran.

O cuando dibujé una manada de elefantes bailarines en la pared con su pintalabios.

A mi padre le gustaron.

Lo que ya no le gustó tanto fue cuando dibujé un bigote en la tele nueva.

¿A que a la mujer del tiempo le quedaba genial?

Este es mi hermano pequeño, la Peste Negra. Y creo que está mejor de vampiro.

No nos parecemos en nada. Bueno, puede que un poco en los ojos. Y aunque sea perfecto para él, su verdadero nombre no es Peste Negra, sino Pablo. Mamá lo llama Pablito.

Esta es *Sofi,* la perrita más lista del mundo.

Esta es mi familia. Papá casi no sale porque, después de pintar en la tele nueva, me prohibió dibujarlo hasta dentro de quince años.

Y aquí estamos, quince años después. Mi hermano sigue siendo la Peste Negra, solo que más alto, y yo soy una actriz famosa. ¡ESO ESPERO!

Esta es mi casa. Papá la llama «nuestro pequeño antro». Una vez le pregunté qué era un antro, y me dijo que lo buscara en el diccionario.

Mi madre la llama *home, sweet home,* que en inglés significa «hogar, dulce hogar». Y yo la llamo «casa», no «antro», sea lo que sea eso.

Y no pienso buscarlo
en el diccionario.

Este es el manzano que hay en el jardín. Tiene la altura ideal para que yo pueda subirme y mi hermano no.

A menos que algo lo asuste, claro... ¡Entonces sube pitando!

Cuando algo lo asusta mucho, empieza a trepar y a trepar sin pensar en lo alto que es el árbol.

Ese es la Peste Negra en lo alto del manzano. Subir, subió..., ¡pero luego no se atrevía a bajar!

Este es el héroe que consiguió bajarlo del árbol: el bombero Sam.

Y ahora voy a contarte la verdadera historia del monstruo que persiguió a mi hermano, con dibujos que prueban que fue eso lo que pasó de verdad de la buena.

CAPÍTULO 2

MI PRIMERA (Y ÚNICA) MEJOR AMIGA

Esta es Ivón, mi primera y única mejor amiga. Ella NO es el monstruo.

El día que cumplí cinco años, justo cuando estaba pidiendo el deseo antes de soplar las velas de mi tarta favorita (de vainilla con lunares de fresa), llamaron a la puerta y mi deseo de cumpleaños se hizo realidad.

Fue magia. Nos hicimos amigas al momento y fue el mejor cumpleaños de mi vida. Comimos tarta y dibujamos elefantes bailarines por todo el mantel de papel con un pintalabios viejo de mi madre.

Hicimos bigotes para la Peste Negra, para mi madre, para mi padre e incluso para *Sofi.*

Este es el Palacio Fabuloso. Lo construimos con la caja de la lavadora nueva de Ivón, y lo colocamos delante de su casa. Por fuera dibujamos flores chulas, y por dentro, elefantes y canguros.

A las dos se nos cayó el primer diente el mismo día. Fuimos juntas por primera vez a la escuela infantil y, a partir de ahí, a todos los cursos del cole.

Nos sentamos juntas en la Hora del Cuento, aprendimos a la vez a leer y escribir, contamos juntas las chuches que conseguíamos en Halloween...

Jugábamos juntas en el recreo, después de clase, los fines de semana y en vacaciones. Siempre andábamos de su casa a la mía y de mi casa a la suya.

Un día de invierno hicimos rodar una bola de nieve de su jardín al mío y vuelta unas cien veces hasta que formamos la bola de nieve más grande del mundo.

Entonces la convertimos en un gato de nieve gigante, aunque a *Sofi* no le gustó mucho...

Cuando hacía bueno jugábamos en el manzano de mi casa, que tenía el tamaño ideal para que trepásemos a él.

Era un árbol mágico.

A veces se convertía en una nave espacial.

A veces era la montaña más alta del mundo.

A veces nadábamos entre sus ramas.

Pero todo eso fue antes de que Ivón se marchara y llegase el auténtico monstruo.

CAPÍTULO 3

MI PRIMERA Y ÚNICA AMIGA HASTA-QUE-SE-FUE A-UN-MILLÓN DE-KILÓMETROS

Esto fue la noche antes de que Ivón se fuera a un millón de kilómetros de distancia.

Se mudó a Australia el día de mi cumpleaños, así que esta vez mi deseo NO se cumplió.

La tarta de vainilla con lunares de fresa me supo asquerosa. Le di mi trozo a *Sofi,* y eso que sabía que la tarta le da gases.

Me quedé HECHA POLVO.

No tenía ganas de dibujar elefantes bailarines ni bigotes para mi familia.

No me apetecía jugar en el Palacio Fabuloso, ni nadar entre las ramas del manzano mágico.

Y no habría pintado de vampiro a la Peste Negra ni aunque me lo hubiera pedido.

No podía dejar de darle vueltas y vueltas a una cosa:

Este es el camión que se llevó todas sus cosas.

Este es el coche que se la llevó a ella.

Este es el camión de reciclaje que por poco se lleva el Palacio Fabuloso si *Sofi* y yo no llegamos a rescatarlo en el último segundo para ponerlo en nuestro jardín.

Y esta es la carta que intenté escribir pero que no llegué a mandar porque sonaba demasiado tonta.

Querida Ivón:
Ojalá no te hubieras ido.
Ojalá no te hubieras ido.
Ojalá no te hubieras ido.
Ojalá no te hubieras ido.
Ojalá no te hubieras ido.
Ojalá no te hubieras ido.
Ojalá no te hubieras ido.

¡Y OJALÁ EL MONSTRUO
NO HUBIERA VENIDO!

CAPÍTULO 4

EL MONSTRUO DE AL LADO

Cuando mi amiga se fue, mamá intentó animarme. Yo traté de imaginar a alguien más simpático que Ivón, pero en mi mente solo aparecía una nube negra.

Papá también quiso hacerme sentir mejor.

Y la Peste Negra y *Sofi,* igual.

*En *perruno* significa: «Ten, para ti mi mejor palo».

Papá hasta hizo sus famosas galletas GIGANTES de chocolate.

Pero nada me hacía sentir mejor.

Me senté en el jardín a ver cómo la Peste Negra le lanzaba palos a *Sofi.*

Él le tiraba uno tras otro y ella corría en círculos buscándolos. Aunque no encontraba ni uno.

Como me dio pena, hice este dibujo de *SuperSofi.*

Este es el camión que apareció en la casa de al lado mientras la Peste Negra le lanzaba palos a *Sofi.* No era un camión de mudanzas. Y dentro no iba nadie simpático de mi edad.

Solo salieron estos dos hombres que descargaron una carretilla, una pala, cuerda, palos, una bolsa grande y un montón de madera.

La Peste Negra estaba todo emocionado.

Y *Sofi* también estaba encantadísima. Sobre todo por los palos.

Los hombres clavaron un palo en cada esquina del jardín de Ivón y ataron una cuerda entre ellos.

Luego cavaron doce agujeros, clavaron un poste en cada uno y taparon los agujeros con cemento.

Cuando mamá nos llamó para comer, aún seguían clavando postes. Y para cuando acabamos de comer, ya no podíamos ver a los hombres. Ni tampoco el jardín de Ivón, que ya no era de Ivón.

Lo único que veíamos era esta valla.

¿Por qué no quieren ni vernos?
Puede que no sea eso...

Esta soy yo asustando a la Peste Negra.

Este es la Peste Negra en lo alto del manzano. Subir, subió…, pero después estaba demasiado asustado para bajar. Se le olvidó lo grande que es el árbol y lo pequeño que es él.

Este es nuestro héroe, el bombero Sam, que consiguió bajarlo.

Y ahora ya sabes que no fue un monstruo el que hizo que la Peste Negra se subiera al árbol.

La primera vez fui yo.

Pero la segunda vez fue un auténtico monstruo. De verdad de la buena. Sigue leyendo y te lo demostraré.

CAPÍTULO 5

EL AUTÉNTICO MONSTRUO DE AL LADO

Todo el mundo estaba tan ocupado viendo cómo el bombero Sam rescataba a la Peste Negra, que nadie se dio cuenta de que un camión de mudanzas había llegado a la casa de al lado.

Nadie menos yo.

En serio sentía haber asustado a la Peste Negra. Él no tenía la culpa de que Ivón se hubiera ido. Ni de que pusiesen aquella valla.

Le propuse convertirlo en vampiro, pero él no quiso jugar conmigo.

La Peste Negra solo quería lanzarle palos a *Sofi* y no me dejó jugar con él.

Y *Sofi* tampoco.

Así que me quedé mirándolos.

Aunque no era la única que miraba...

Había alguien al otro lado de la valla.

Alguien que gruñía... y no era un perro.

Allá va la Peste Negra... ¡A ver si adivinas hacia dónde corre!

¡Bingo!: a lo alto del manzano.

El bombero Sam volvió a bajarlo del árbol. Pero esta vez no fui yo la que lo asustó, ¿eh? Fue el monstruo al otro lado de la valla.

Pero mi madre se equivocaba.

CAPÍTULO 6

LOS VECINOS NUEVOS

Esta es mamá con las galletas que hace papá.

La Peste Negra ya estaba a punto de salir pitando para subirse otra vez al manzano cuando sonó el timbre.

No era alguien simpático de mi edad.

Era el monstruo con su madre.

A mí sí que me lo parecía... ¿A ti no?

Al principio, a la Peste Negra no le pareció que Eric fuera un monstruo.

Y encontró divertidísimo que se zampara cinco galletas a la vez...

... y eructase.

Sofi se entusiasmó con los trocitos de galleta que salieron volando.

Entonces Eric se metió con nosotros.

Y con *Sofi*.

Y eso me enfadó. Pero mucho, ¿eh?

Además, se puso a saltar sobre el Palacio Fabuloso y lo destrozó. Así quedó claro para todos que Eric era un monstruo.

Para todos... menos para mi madre.

Cuando convertí el exPalacio Fabuloso en una señal de peligro y la puse delante de la casa de Eric, mamá me obligó a quitarla.

Me quedé HECHA POLVO.

Ahora, en vez de Ivón y el Palacio Fabuloso, en la casa de al lado había un monstruo y una valla altísima. Y el manzano mágico había perdido la magia: ya no podía nadar entre sus ramas, ni subir hasta las nubes, ni volar a Saturno.

Solo podía subirme a él con *Sofi,* la única perrita trepa-árboles del mundo.

Solo que, gracias a mi nuevo vecino Eric el Monstruo, *Sofi* se convirtió en la única perrita trepa-árboles-pero-no-baja-árboles-del-mundo.

*Esto significa «muchas gracias» en *perruno.*

Esta es la segunda carta que intenté escribirle a Ivón, pero que no llegué a mandar a Australia.

¿Cómo iba a contarle que un monstruo se había mudado a su casa y que entre su jardín y el mío ahora había una valla enorme? ¿Y que alguien había aplastado el Palacio Fabuloso, y que el manzano ya no era mágico?

La nave espacial, y el mar, y la montaña de mi jardín... ya no eran más que fantasías de niña pequeña.

No, no podía contarle nada de eso a Ivón. Solo logré escribir:

CAPÍTULO 7

EL PEOR PRIMER DÍA DE COLEGIO DE MI VIDA

Esta soy yo el primer día de clase.

Estaba hecha polvo porque no solo no iba a ir al colegio con mi mejor amiga, sino que, además, tenía que ir con mi hermano pequeño, la Peste Negra.

Y con un monstruo llamado Eric.

El tipo de monstruo que se mete con niños pequeños como la Peste Negra.

El tipo de monstruo que te pone motes feos.

Y que hace que todos se rían de ti.

Al menos no tuve que presentárselo a mis amigos, porque no tenía ninguno.

Ya pensaba que mi primer día de clase no podía ir peor...

Hasta que empeoró.

Estos son mis compañeros de clase.

¡Bienvenidos! Soy la señorita Grogan. Hoy comienza una aventura que emprendemos todos juntos: ¡la aventura del conocimiento!

Por favor, buscad el pupitre con vuestro nombre y sentaos.

Este es mi nombre en el pupitre de la primera fila, junto a la ventana. No tiene nada de malo, porque me gusta sentarme cerca de la ventana.

Esta es Judit Einstein, la chica más lista del universo, que se sienta a mi lado en la primera fila.

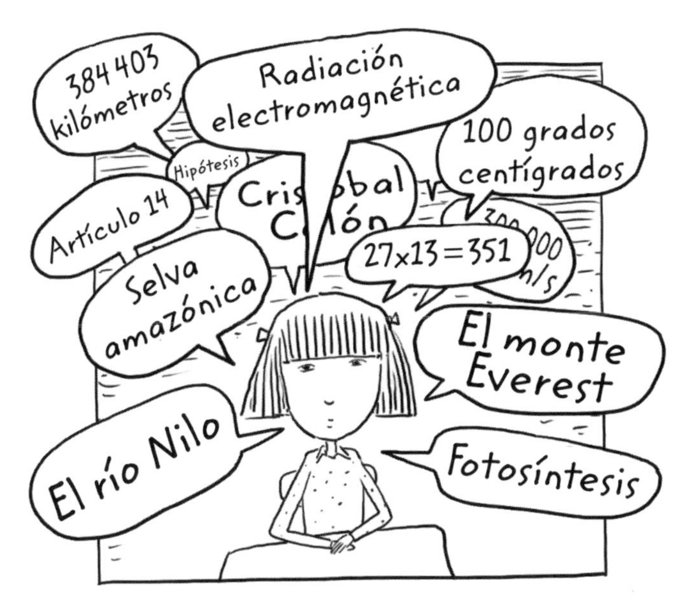

Einstein hace como si no me hubiera visto en la vida, y eso que vamos juntas a clase desde Infantil.

Aun así, estoy contenta de que se siente a mi lado, porque a la profe le encanta que respondamos sus preguntas, y cuantas más conteste Einstein, menos me tocan a mí.

Entonces, si ni Einstein ni mi sitio junto a la ventana me molestan, ¿dónde está el problema? ¡Adivina!

Justo detrás de mí se sienta...

Sí, lo has adivinado: Eric el Monstruo.

¡No es justo!

Muy bien, chicos. Ahora mirad todos vuestro pupitre. Puede que os parezca normal y corriente, pero no lo es... En realidad se trata de un barco. Un barco mágico en el que navegaremos por los mares del conocimiento a lo largo del curso.

Ojalá Tristán o Keisha se sentaran detrás de mí. Tristán es simpático, y Keisha es divertida y lista.

Vamos a convertirnos en Exploradores del
Conocimiento, desde las matemáticas y las
ciencias a la música, la historia y la geografía.
Viajaremos por todo el planeta Tierra para
descubrir quién vive al otro lado del mundo.

Pero Tristán y Keisha se sientan justo al otro lado de la clase, ¡como si estuvieran al otro lado del mundo!

OJALÁ pudiera dar la vuelta al mundo ahora mismo...

OJALÁ Megan, o Laura, o Marcos, se sentaran detrás de mí. O Adela, o Tomi. O quien fuese. ¡*Walter,* podría sentarse *Walter!* Sería divertido.

¡Eso es!

¡OJALÁ el conejo *Walter,* la mascota de clase, se sentara detrás de mí!

Así, Eric el Monstruo podría ocupar el sitio de *Walter,* justo lo que se merece.

¡OJALÁ!

Esta soy yo presentando al nuevo compañero.

Estos son mis compañeros riéndose (todos menos Einstein).

La profe está tan enfadada que parece que le sale humo por las orejas.

Esta soy yo presentando otra vez a Eric NO como el monstruo que de verdad es.

Este es el lápiz que no llegué a usar para dibujar a Eric cuando se puso de pie y se quitó la gorra.

Porque resulta que no hizo ninguna de las dos cosas, ni tampoco nos contó nada. Lo que hizo fue eructar. En serio. Delante de toda la clase. Y nadie se rio. No hace falta que lo dibuje, ¿verdad?

La señorita Grogan decidió que aún no estábamos preparados para navegar por los mares del conocimiento y que, en vez de eso, empezaríamos nuestro viaje juntos escribiendo unas NORMAS DE COMPORTAMIENTO.

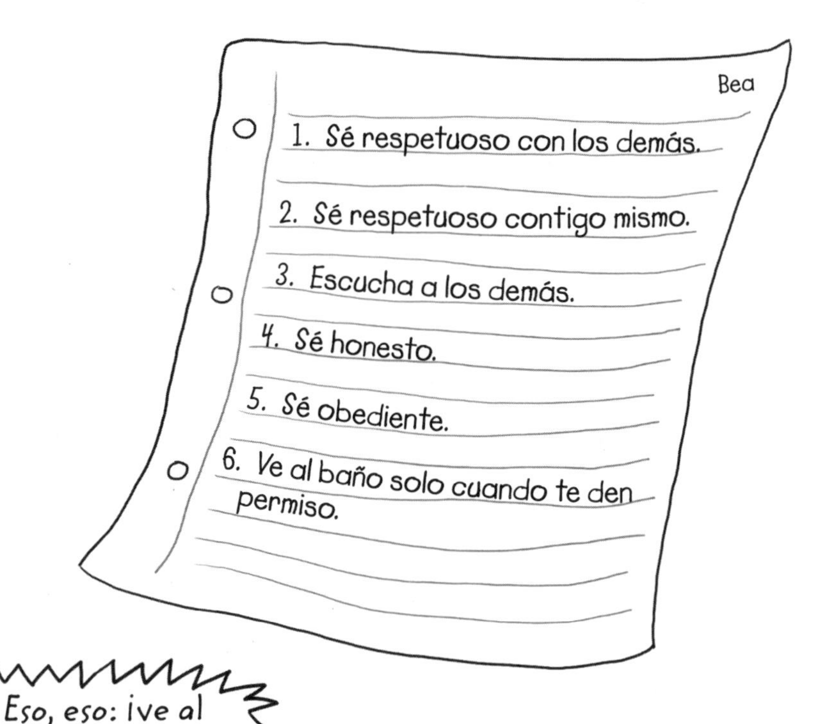
Bea

1. Sé respetuoso con los demás.
2. Sé respetuoso contigo mismo.
3. Escucha a los demás.
4. Sé honesto.
5. Sé obediente.
6. Ve al baño solo cuando te den permiso.

Eso, eso: ¡ve al baño, MEAtriz!
Silencio, Eric.

Estaba claro que necesitábamos una norma más: «NO seas un monstruo».

CAPÍTULO 8

LOS LUGARES MÁS EXTREMOS DEL PLANETA TIERRA

Esta soy yo el segundo día de clase.

Aquí vamos hacia el bus del cole. Y sí, llevo de la mano a la Peste Negra.

No fue idea mía. La Peste Negra no tenía claro si Eric era un monstruo de verdad o no, así que me agarró la mano y ya no la soltó.

La Peste Negra no quería sentarse cerca de Eric en el bus. En vez de eso, nos sentamos al lado de Einstein, que seguía haciendo como que no me había visto en su vida. Desde ahí apenas oíamos a Eric, que estaba cuatro filas más atrás.

Era *muy* distinto. Eric gruñía y eructaba, había aplastado el Palacio Fabuloso y fastidiado la magia del árbol. Estaba acabando con todo... ¡Si casi se carga este libro!

Eric hizo lo que le pedí: lo soltó...

Y yo salí volando.

Mi VIDA

No estaba bien.

Estaba ENFADADÍSIMA.

No voy a hacerte un dibujo de eso porque tendría que dibujarme como un monstruo y yo NO lo soy. ¡El monstruo es Eric! Así que imagíname acompañando a la Peste Negra a su clase.

Imagina cómo me sentí al llegar a mi clase, con mi pupitre-barco de la aventura del conocimiento plantado justo delante del de Eric.

¡Buenos días, aventureros! Venga, sentaos, sacad un lápiz y poneos el cinturón de seguridad porque hoy vamos a volar.
¡Ji, ji..., como VUELAtriz!

¡Buf, cuánto me apetecía mandarlo A LA PORRA!

¡Hoy viajaremos a los lugares más extremos del planeta Tierra! De lo más profundo a lo más alto, del sitio más caluroso al más frío...,
, donde solo sobreviven los más fuertes.
¿Lista para volar, VUELAtriz?

Hummmm...

¡El lugar más profundo de la Tierra sonaba perfecto para mandar a Eric!

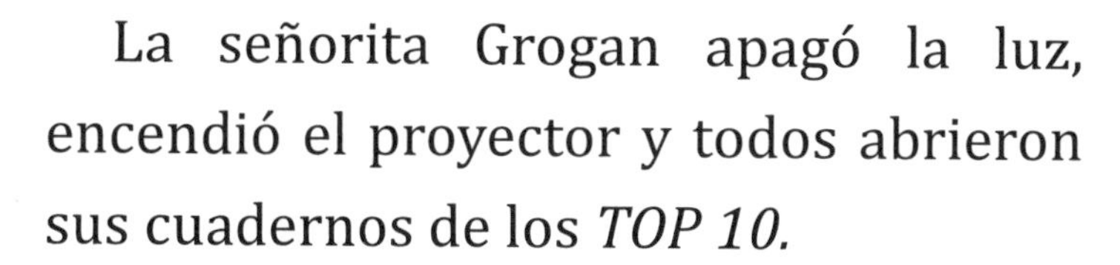

Tristán y Keisha, por favor, pasad estos cuadernos de los *TOP 10*. En ellos apuntaremos los diez lugares más extremos de la Tierra. Tenéis que anotar cada sitio que visitemos. Ahora abrid el cuaderno por la primera página.

La señorita Grogan apagó la luz, encendió el proyector y todos abrieron sus cuadernos de los *TOP 10.*

Todos menos yo.

Yo abrí mi libro, este que estás leyendo ahora: *Mi vida en dibujos*. Y estrené una página en blanco.

¿A cuántos metros creéis que podemos descender? Nuestra primera parada será el lugar más PROFUNDO de la Tierra. ¿Alguien se imagina cuál será?
¿Puede ser el Gran Cañón del Colorado, en Estados Unidos? ¡Yo digo que es el Gran Cañón!
No, Tomi, no es el Gran Cañón, y por favor, levanta la mano. ¿Judit?
El lugar más profundo de la corteza terrestre es la fosa de las Marianas, en el océano Pacífico. En su punto máximo de profundidad alcanza los 11 034 metros.

¿A más de 11 000 metros bajo el nivel del mar?

¡Parece el sitio ideal para ti, Eric!

¡Espero que sepas nadar!

Este es mi dibujo de Eric en el sitio que se merece: a más de 11 000 metros de profundidad.

¡Aguanta la respiración, Eric!

Aquí está Eric a 8 848 metros, en la cima del mundo.

¡No mires abajo, Eric!

¡Con ese calor se te van a quemar las ideas, Eric!

¡No olvides echarte crema protectora!

Este es Eric en la Antártida.

¡Recuerda que no está permitido darles de comer a los pingüinos!

¡Ja, ja, ja!

Eric, te vas a ir volando a...

El ciclón Olivia, el 10 de abril de 1996 en la isla de Barrow, Australia.

¿Australia?

¡No, no, no! ¡No puedo mandar a Eric a Australia!

Esta soy yo intentando borrar mi dibujo de Eric en medio de un ciclón australiano.

Estos son todos jugando en el patio.

Y yo deseando no haber apretado tan fuerte el lápiz al dibujar...

Esta es la profe echando humo de verdad por las orejas.

Esta soy yo escondiéndome debajo del pupitre porque la señorita Grogan tiene *mi libro* en sus manos.

Esta es la profe viendo los dibujos de Eric en pleno ciclón, y en la Antártida, en el Valle de la Muerte, en el Everest, en lo más profundo del Pacífico...

Esta es la profe viendo los dibujos de Ivón y yo en el árbol mágico, y del Palacio Fabuloso, y de la Peste Negra, y de papá y mamá, y de la mujer del tiempo, y del bombero Sam.

¡Ay, Sam..., ojalá vinieras a rescatarme ahora!

Esta es la profe mandándome al lugar más profundísimo de la Tierra.

CAPÍTULO 9

EL LUGAR MÁS PROFUNDÍSIMO DE LA TIERRA

Este dibujo está en blanco porque estoy en el recreo y no tengo ni lápiz ni mi libro.

Este dibujo está en blanco porque no quiero pensar en qué pasará después, cuando acabe el recreo.

CAPÍTULO 10

EL MONSTRUO EN LA CIMA DEL MUNDO

Esto es lo que pasó cuando acabó el recreo.

Miré a Einstein. Si la señorita Grogan quería una buena respuesta, ¿por qué no le preguntaba a ella?

Cerré los ojos. Sentía la respiración de Eric en el cogote. Y entonces recordé haberlo dibujado en...

Cerré los ojos. Aún podía ver a Eric allí arriba. Y me acordé.

Entonces la señorita Grogan encendió el proyector y enseñó el dibujo a toda la clase.

Ya sabes cuál.

Este. El que hice de Eric en lo alto del Everest.

Estos son todos los de clase partiéndose de risa, menos yo.

Esta soy yo escondida debajo del pupitre mientras la profe enseña mis dibujos de Eric en el Everest, Eric en el fondo del Pacífico, Eric en la Antártida, Eric en el Valle de la Muerte y Eric saludando en pleno huracán australiano.

Esto es cuando todos se pusieron a aplaudir y Eric hizo como si de verdad estuviera en la cima del mundo.

Esta soy yo escondida debajo del pupitre para NO oír cómo todos se reían cuando la señorita Grogan les enseñase el resto de los dibujos de mi libro: los de Ivón y yo, los del Palacio Fabuloso, los de la Peste Negra...

Todos esos dibujos de lo que había pasado de verdad y de lo que OJALÁ hubiera pasado.

NO quería oír cómo todos se burlaban de *Mi vida en dibujos*.

CAPÍTULO 11

¡SOY UNA ARTISTA INCREÍBLE!

Pero la señorita Grogan no enseñó ningún otro dibujo.

Apagó el proyector y encendió la luz.

Entonces cogió la respuesta de encima de mi mesa y se la enseñó a toda la clase.

Todos, hasta Eric, supieron contestar.

Salí de debajo del pupitre. Y no oí las risitas de nadie...

Sino ESTO...

¡¡Eres una ARTISTA

Y, por arte de magia, el segundo día de colegio pasó a ser mucho mejor de lo que había imaginado.

Incluso el recreo.

Incluso la hora de la comida.

Incluso Eric. Por primera vez no gruñó, ni eructó, ni me llamó por ningún mote. Estaba callado.

Esta es la señorita Grogan devolviéndome mi libro.

Esta soy yo sentada con Einstein en el bus de vuelta a casa. Solo que esta vez me habló.

Bonitos dibujos, aunque no muy precisos, Beatriz.
Gracias.

Parecía que le habían gustado, ¿no?

Ojalá supiera dibujar como tú.
Ojalá lo supiera todo, como tú.

Entonces supe que mis dibujos le habían gustado de verdad.

Cuando llegamos, no fui hasta casa con Eric porque ya lo acompañaban Teo y Tomi.

Fui con la Peste Negra, y tardamos horas en llegar porque cada dos por tres se paraba a lanzarle palitos a *Sofi,* pero no me importó.

Porque cuando llegué a casa tenía esta carta esperándome.

¿Ves el sello con un canguro?

¡No podía pedirle más a aquel segundo día de clase!

CAPÍTULO 12

MI PRIMERA CARTA

Esta es la carta de Ivón que me llegó por correo.

Esta es la primera carta que por fin le mandé de verdad a Ivón.

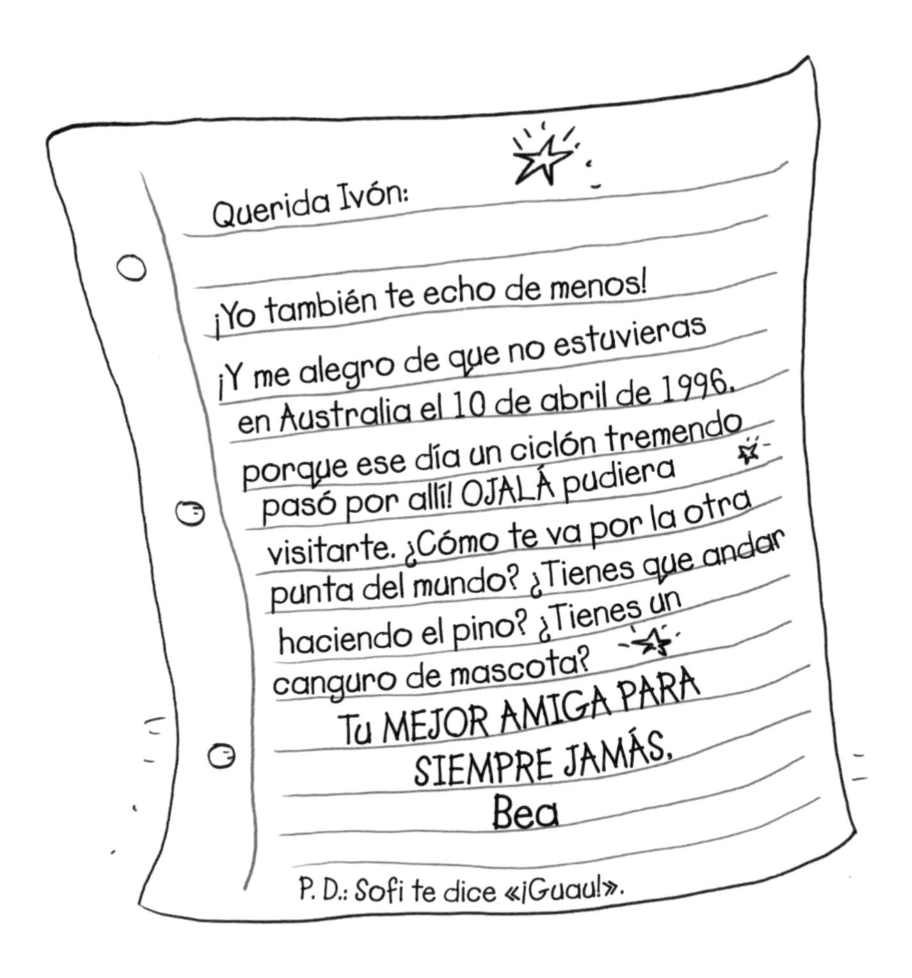
Querida Ivón:

¡Yo también te echo de menos!

¡Y me alegro de que no estuvieras en Australia el 10 de abril de 1996, porque ese día un ciclón tremendo pasó por allí! OJALÁ pudiera visitarte. ¿Cómo te va por la otra punta del mundo? ¿Tienes que andar haciendo el pino? ¿Tienes un canguro de mascota?

Tu MEJOR AMIGA PARA SIEMPRE JAMÁS,

Bea

P. D.: Sofi te dice «¡Guau!».

Estas son las cinco cosas que MÁS desearía que me pasaran:

1. Salir volando con el viento más rápido del mundo hasta Ivón, en Australia.

2. Jugar con Ivón y su canguro.

3. Bucear con Ivón en el Pacífico (en el de verdad).

4. Dibujar flores chulas con Ivón en un nuevo Palacio Fabuloso.

5. Que mis padres me dejasen visitar a Ivón en Australia de verdad de la buena.

OJALÁ.

Esta es la segunda carta que le mandé a Ivón.

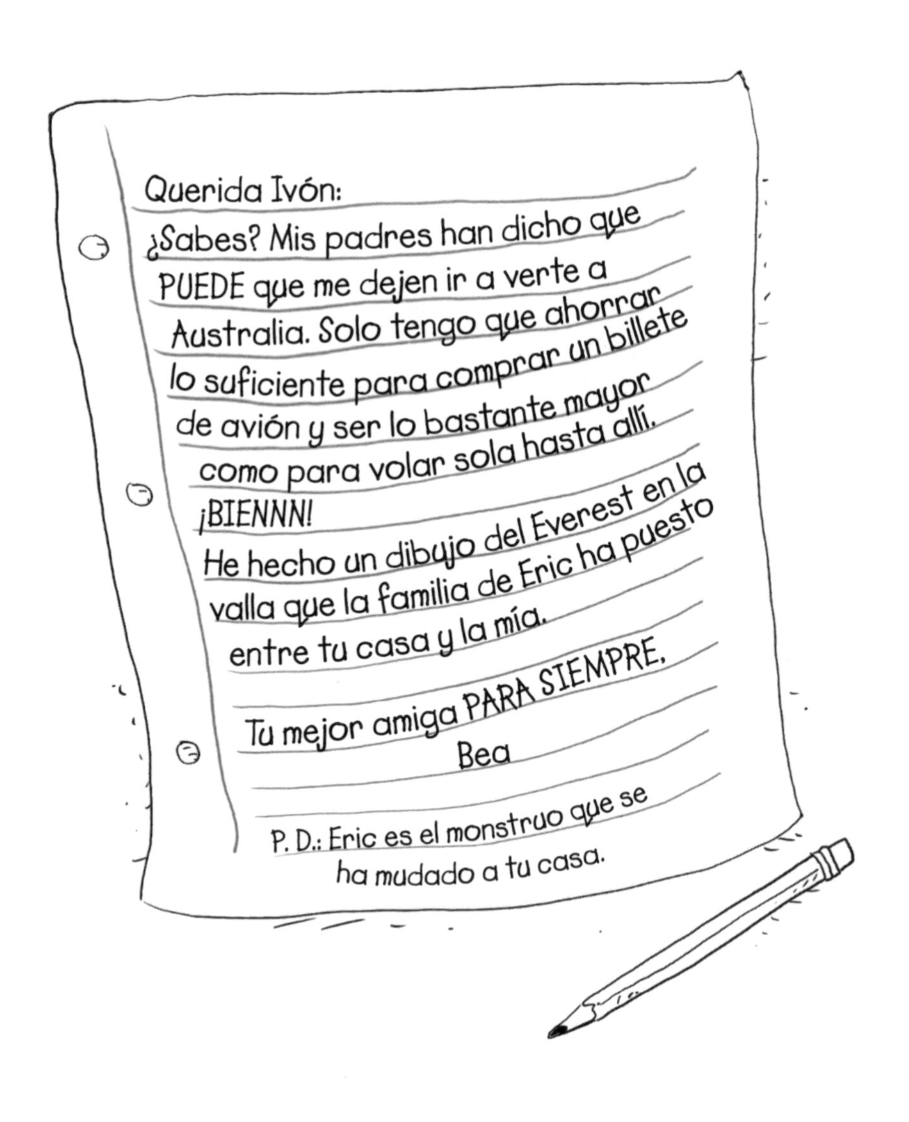

Querida Ivón:

¿Sabes? Mis padres han dicho que PUEDE que me dejen ir a verte a Australia. Solo tengo que ahorrar lo suficiente para comprar un billete de avión y ser lo bastante mayor como para volar sola hasta allí.

¡BIENNN!

He hecho un dibujo del Everest en la valla que la familia de Eric ha puesto entre tu casa y la mía.

Tu mejor amiga PARA SIEMPRE,

Bea

P. D.: Eric es el monstruo que se ha mudado a tu casa.

Es verdad que pinté el Everest en la valla.

La Peste Negra y *Sofi* me echaron una mano.

Y Eric también.

¿A que a Eric le queda genial el bigote?

Esta soy yo, Beatriz García Holmes. Y este es mi libro, o quizá debería decir mi *primer* libro... No pasa nada si te has reído de mis dibujos. ¡Se supone que son graciosos!

Este es el lápiz de la chica más lista del universo.

Tiene poderes mágicos.

Me convertirá en una estrella...

O en un monstruo.

DISCARDED BY
FREEPORT
MEMORIAL LIBRARY

DISCARDED BY
FREEPORT
MEMORIAL LIBRARY